給谷瑞迪：關於我們的書，感謝你陪我度過這麼美好的時光。
—尹格麗

感謝小燭。
—谷瑞迪

© 　那一天我變成一隻鳥

文　　字	尹格麗‧賈培特
繪　　圖	谷瑞迪
譯　　者	李家蘭
責任編輯	楊雲琦
美術設計	陳智嫣
版權經理	黃瓊蕙
發 行 人	劉振強
發 行 所	三民書局股份有限公司
	地址　臺北市復興北路386號
	電話　(02)25006600
	郵撥帳號　0009998-5
門 市 部	(復北店) 臺北市復興北路386號
	(重南店) 臺北市重慶南路一段61號
出版日期	初版一刷　2018年2月
編　　號	S 858441

行政院新聞局登記證局版臺業字第○二○○號

有著作權‧不准侵害

ISBN 　978-957-14-6384-1 　（精裝）

http://www.sanmin.com.tw 　三民網路書店
※本書如有缺頁、破損或裝訂錯誤，請寄回本公司更換。

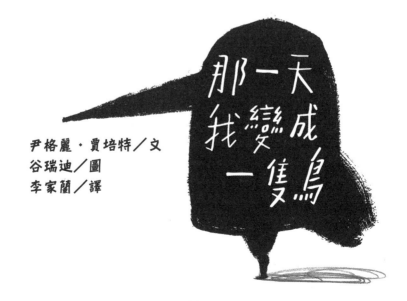

那一天我變成一隻鳥

尹格麗・賈培特／文

谷瑞迪／圖

李家蘭／譯

三民書局

開學的第一天，我戀愛了。

那是我的初戀。

下午，我回到家，畫了一張
她的畫像。
接著，又畫了一張。
後來，再畫一張。

然後，畫了一張有很多愛心的畫像，
再加上一個笑瞇瞇的太陽。

小燭與我同班。
她就坐在我的前面。
她看不到我。但我的眼裡只有她。

鳥體結構圖

小燭熱愛鳥類，

但她不忍心看到牠們生活在籠子裡。

她在大自然中靜靜的觀察牠們，

還會溫柔的照顧受傷的鳥。

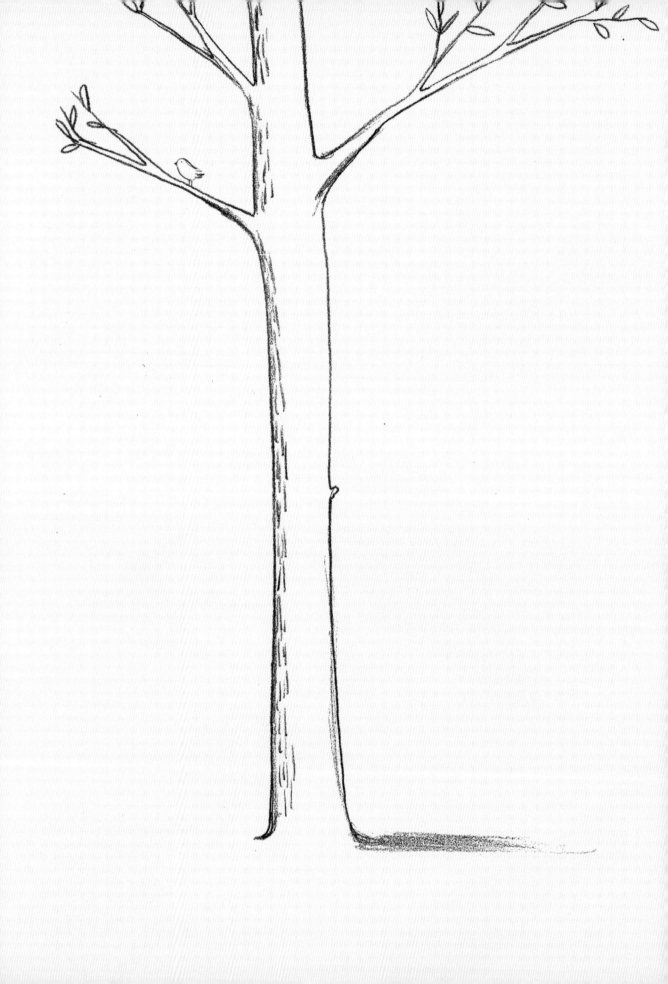

她的褲子和洋裝上面有鳥。

她的頭髮上有鳥。

她的筆記簿和課本上面畫著鳥類的圖案。

當她開口說話，就好像一隻慢聲吟唱的鳥兒。

小燭的眼中只有鳥。

當我看見她，任何事都會忘光光。

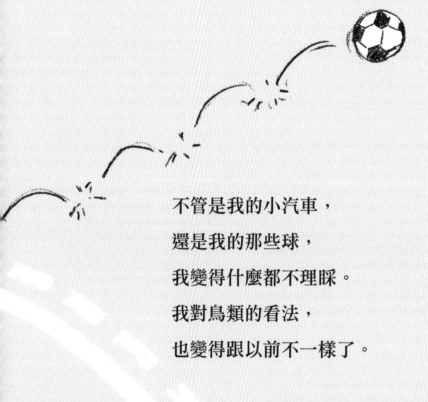

不管是我的小汽車，

還是我的那些球，

我變得什麼都不理睬。

我對鳥類的看法，

也變得跟以前不一樣了。

直到有一天，
我決定打扮成一隻鳥。
一隻大鳥，身上披著
華麗的羽毛。
就像夏天，我們常在森林中
看到的那一種鳥。

我穿著這件衣裳，
覺得自己很好看。
然而，也覺得好熱。

我夢想著有一天能降落在

洛磯山脈的某個地方，

或是停在某個金字塔的頂端。

或許，跟小燭一起……

在學校，大家都盯著我看。

有些人笑我，但是我不在乎。

我不要脫掉這件外衣。

我是一隻鳥。

背著這個東西，很難走路耶！

我想尿尿的時候，可真是麻煩呀！

而且我要踢足球的時候，
還會失去平衡。

連爬樹都比以前困難許多。

遇到下雨的時候最糟糕，我聞起來像一隻濕漉漉的狗！

直到某天下午，我與小燭相遇。

終於，我們四目相交。

她一句話也沒說便靠近我，然後脫掉我的外衣。

我不知道該怎麼辦。

我的心跳得好快，天上有一大群鳥飛過去。

小燭的雙臂環繞著我。

我不敢動，也不能思考。

我雖然不再是一隻鳥，
現在卻會飛了。